무제

무제

나무 시집

책만드는집

| 차례 |

겨울가게

여름이 늘어지면 무더운 더위가 지겹습니다
그럴 때마다 찾는 곳이 바로 겨울가게입니다
일 년 내내 겨울을 파는 겨울가게를 찾습니다

눈보라 한 봉지와 고드름 한 상지 눈꽃 한 송이
마음씨 좋은 주인장 아저씨는 하나 맛보라며
큼지막한 얼음과자를 덤으로 손에 쥐여줍니다

신이 난 나는 한걸음에 달려 집에 돌아옵니다
아담한 정원으로 나가 차가운 짐을 풀어봅니다
용돈 모아 사들인 겨울로 마당을 장식할 겁니다

허공에 구석구석 눈보라를 흩뿌리며 시작합니다
지붕 처마에 고드름을 촘촘히 달아 장식합니다
마지막으로 눈꽃을 화단에 정성스레 심습니다

마당 가득히 차가운 박하 향의 공기가 상쾌합니다
입 안으로 스며드는 박하 향에 머리가 가볍습니다
역시 제가 태어난 고향 겨울이 그리웠나 봅니다

눈꽃이 무럭무럭 자라나 수많은 겨울을 맺기를!
겨울철 마당에서 한숨처럼 내뱉은 창백한 숨결
하늘을 향해 잘만 떠오르다 연기처럼 사라집니다.

곡소리

고통 따위 익숙한데 눈가에 물이 고인다
고인 물이 눈을 가려 하늘도 흐릿하여라
꿈에서 보이는 하늘나라 나는 언제 가나

신께서 부르시면 나 또박또박 대답하리
천사들과 신이시여 들려주고픈 노래 있소
긴 노랫말 배우느라 오래 걸려 미안하오

눈처럼 새하얀 구름들 떠다니는 높은 하늘
아프도록 슬픈 노래 이 나라엔 없는 것이니
땅에서 배우고 외운 구슬픈 노래 자랑하리.

골목길

저녁마다 걸어야 하는 골목길
어두운 길목을 돌아가려는데
황당함에도 숨이 막히고 마는
가죽도 적갈색 매서운 호랑이

갸르릉 들이쉬고 툭 치고서는
그저 지나가는데 숨이 풀리며
홀로 남아 실실 웃다가 웃고는
들개처럼 꼬리를 말고 살았다.

곱디고운 괴리

인생은 괴리감을 느끼도록 아름다워서
머리를 벽에 처박고 죽고 싶고는 했다

세상은 눈이 아프도록 밝고 눈부셔서
머릿속을 쪼개서 햇살을 쬐고만 싶다.

괴리감

비쳐오는 햇살에 얼굴이 드러나면 가리고 말아
어쩌다가 거울이 시야에 들어오면 눈부터 감아
나라는 사람이 죽었기에 검은 옷만을 입고 살아

우연찮게도 아름다운 무언가를 스치듯 보더라도
괴리감을 느끼기에 울화가 치솟고 마는 나인데
어째서 자꾸만 해맑은 얼굴들로 웃어주는 거야.

그 길

가고픈 길이 있었다
나는 그 길을 물었다

사람들마다 말했다
그 길은 낯선 길이다

그들은 길에 침을 뱉고
그 길을 허물어놓았다

갈 곳 없이 헤매게 되어
나는 참 조용히 울었다.

그날 들은 노래의 뜻을 나는 아직 모른다

너는 언제나 나를 위해서 노래했다
나는 너의 말을 알지 못하는 채다

배워나갈 시간이 분명히 있었었다
세월이란 얼마나 빠르고 야속한가

너는 언제나 나를 위해서 노래한다
나는 너의 말을 알고 싶을 뿐이다.

그늘

창문 너머는 햇살이 열렬히 내리쬐는데
마음속 작은 방에는 자꾸만 그늘이 진다.

그리움

나를 가두는 벽에 그대를 그리었소
그대를 그리고 손끝으로 더듬었소

그림이 그림을 덮어서 가리는데
그리움은 그리움을 덮지 못하노라

그리고 그리니 벽이 검게 물들어
그대의 그림은 그리지 못하여도

검은 마음 펼쳐 그대를 그리겠소
그대 없이 그새 올해가 지나가오.

그저 들꽃 하나

돌로 이어진 길에 피어난 들꽃일 뿐인데
나는 왜 이토록 마음이 옥죄이고 아픈가

들꽃 위로 하얀 나비 팔랑이듯 스친다.

까마귀가 파먹은 눈동자
그리고 사람이 파먹은 심장

내 두 눈이 멀어버리자 모두 멀어지더라
비록 내가 눈이 멀었다 해도 알고 있소

내가 세상의 빛을 보던 시절과는 다르오
그대들이 거리를 두고 말하는 게 들리오

그대들의 위로는 멀어서 잘 들리지 않소
한데 등 뒤에서 욕지거리 참 잘 들리오

까마귀가 파먹은 내 두 눈 그립지 않소
칠흑만이 나를 감싼다는 걸 이제 알겠소.

까마귀의 눈동자

사랑하는 그녀의 집에 성난 불이 났다는 소식
미쳐버린 사람처럼 숨도 쉬지 않고 달려갔다네

새하얀 기억과 달리 시커먼 그녀의 몸뚱이에서
스멀스멀 기어오르는 칠흑의 흑연이 피어오른다

어찌할까 고민하다 그녀의 흔적들을 삼키었네
독한 연기를 눌러 삼킨 목구멍이 내뱉은 한마디

남겨진 까마귀의 눈동자는 공허하고도 검구나.

까만 거울

어두운 새벽과 공기 차가운 거실
나이 드시고 마르신 우리 아버지

보이지 않는 꺼진 화면 보시기에
새벽 내내 무얼 보시냐고 물었다

그냥 오늘따라 사는 게 적적해서
무얼 잘못했나 돌아본다 하신다

나도 옆자리에 앉아 같이 보았다
그렇게 참 오래도록 같이 보았다.

깨우지 마시오

꿈을 꾸고 말았다
참으로 달콤한 꿈

때 지난 꿈 떠오르듯
죽은 금붕어 떠오르듯

나도 그만 나도 그만
수면 위로 떠오르더라

도대체 이 달콤한 꿈속
잘 자는 나를 왜 깨웠소.

꽃

늦가을에 핀 꽃아 초겨울에 핀 꽃아
햇빛마저 주저하는 흐릿한 아침이로다
엉클어진 머리카락 꽃의 내음 휘날리네

시린 바람 불어와도 갸륵히 피어있구나
저기 하늘에 계신 아버지가 보내시더냐
여기 고생하시는 어머니가 심으셨더냐

내 실로 서럽다 고운 입으로 말해보아라
창백하고 가녀린 입 야무지게 다물고는
진정 말 한마디도 없이 올해도 질 테냐

오늘만은 도저히 널 홀로 볼 수 없구나
너의 가냘픈 허리 어루만지듯 꺾어내어
이름마저 잊어가는 친구 보러 가야겠다.

꽃을 보고 울다

너무나도 아름다운 꽃이 있더라

나만 보고 싶은 그런 꽃이라서
나만 볼 수는 없는 노릇이라서

바라보고 또 바라보다가 울었다.

끼니를 때우다

먹을 것이 도통 마땅치 않았다
컵에 든 라면으로 식사를 했다

묵직한 짠내가 감도는 맛이 참
눈물을 쏙 빼닮은 맛이 아닌가

마지막 모금 국물까지 삼키었다
무거운 땀방울이 땅을 두들긴다.

날벌레

내가 나를 잃고 바람에 날리는데
날벌레 검지에 감기듯이 내리어
남은 엄지로 살짝 눌러 풀어냈다

손가락질처럼 가벼이 끝나버리는
무의미한 죽음에 기분 흔들려라
내가 내일 저렇게 죽는 것이던가.

내가 어린 나이에 죽으려고 한 것은

아버지가 가시고 어머니가 우시더라
어머니가 우시고 말이 나오지 않더라

미뤄왔던 자살에 도전해 보고픈 마음
쪽지도 쓰지 않고 창문턱에 올라섰다

마지막으로 어수선한 방 쳐다보는데
새끼부터 키운 내 개가 나를 보더라

웃음소리조차 내지 않았지만 웃었다
창문에서 내려와 개밥을 담아주었다

내가 어린 나이에 죽으려고 한 것은
아무도 살라고 말해주지 않았음일까.

내가 죽었을 때는 말이야

내가 숨을 쉴 힘이 다해 죽었을 때는 말이야
숨이 다한 나를 위해 노래를 하나 불러줄래

노랫말이야말로 아무래도 좋을지도 모르겠다
아무래도 좋은 가사 따위는 이런 걸로 어때

그는 잘못 태어났지만 잘 살아간 사람이었어.

내게 남은 시간 동안

깨어나자마자 커피 두어 잔을 들이켜고서야
하루라는 시간 동안 깨어있을 용기가 난다

마치 홀린 듯이 글을 두어 페이지 쓰고서야
인생이란 시간 동안 살아있을 마음이 든다

평생이란 시간을 참 힘들게도 살아남고서야
여생이란 시간 동안 살아갈 여유를 느낀다.

네가 나를 떠나던 겨울도 나를 떠나고

죽음을 향해 조금씩 까딱이는 초침 때문에
손톱 끝자락을 씹으며 내가 초조해할 때

없는 웃음 짜내어 네가 말했었지 버릇처럼
내가 살지 못할 봄의 꽃망울이란 무엇일까

너무 많은 걸 들어서 헐어버린 귓바퀴에
한마디 질문도 물음표로 장식해서 주었지

아름답게 굴러가는 고독과 싸우던 너에게
마지막이 아니라고 말하지 못해서 아프다

어느덧 네가 살지 못한 봄이 다가왔기에
말로만 부르던 그 못된 봄이 와버렸기에

사랑했고 바스라진 당신의 몸 흙더미 한 줌
떨구어진 꽃잎 위로 홀로 서서 흩뿌리네

살아있는 그대 앞에 꽃잎 따위 아름다울까
태양이 눈앞에 뜰 때도 그대만이 빛났노라

하지만 그대는 나와 함께 살아있지 않기에
갈 곳 없이 살아있는 내 눈길 꽃잎에게로.

노을 보는 연습

요즘 나는 노을 보는 연습을 한다

해가 뜨면 해가 지기 마련이라지만
황혼이란 무엇이 이토록 그리운지
마지막이란 아련하기에 찬란하다

아려오도록 샛노란 하늘의 화폭
피처럼 붉게 번지는 햇살의 물감
서슴없이 그려내는 시간의 붓질

하루라는 생명을 끝마치는 정적
옥죄고 두려워 눈길을 피했으나
이제는 지는 별과 대면하려 한다

요즘 나는 노을 보는 연습을 한다.

노을이 지는 놀이터

노을이 아른거리는 것이 유난히 섭섭할 때
나는 오래되어 녹슨 놀이터를 찾아와 앉아

내일 또 보자던 친구들은 모두 집에 갔나 봐
그래 재미나게 놀았으니까 헤어지는 건가 봐

녹슨 그네는 앞으로 가도 뒤로 돌아오는데
이름 불러 던진 인사말 돌아올 리가 없어라.

눈물로 글자를

혼자가 되어버린 한밤중

구슬픈 두통에 떨군 눈물
떨군 눈물에 번지는 먹물

갑작스레 슬픔에 겨워라

시를 써 내려간다는 것이
이리도 외롭고 아름답던가

마음처럼 까만 눈물이기에

눈을 감아 짜내어 흘리어본다
글자를 써내어 기대어본다.

눈물샘 따가운 과거의 먼지들

지하철을 타고 스치는 그리운 길거리
보푸라기처럼 날아간 짧은 나날들이야

파란 하늘에 하얗게 그려낸 너의 얼굴
기억이 잘 나지 않아서 얼굴을 찡그려

노래를 부르고 싶어도 목이 쉬어버렸어
너의 이름을 가사로 써서 부르고 싶어

슬픔은 푸르다고 하는데 사랑은 어때
내가 생각하는 부드러운 분홍이려나

대낮에 비치는 달빛에 한층 애틋해져
눈부신 태양도 오늘따라 미지근하다

햇살보다 따스해진 눈물이 흘러내려
손가락으로 찍어 안녕이라고 적었어.

눈물을 아끼시오

잃는다는 것은 슬픈 일이 아니나
뺏긴다는 것은 매우 슬픈 일이다.

단추

반쯤 포기에 잠긴 눈으로 걸어왔다
친구라는 단어의 철자가 번져간다

침대라는 물건이란 본래 거대해서
사람은 누구나 혼자라고 읊조렸다

나는 홀로 버티는 마지막 단추인가.

닭가슴살

날지 못하는 새의 새하얀 가슴팍
날이 무딘 식칼로 반 토막을 낸다

난 이리도 간단하고 무감각하게
다른 누군가의 가슴을 가르는가

뜨거운 불길로 하얀 살결을 지지니
그을린 상처에서 풍기는 살의 내음

닭의 눈물이 스미어든 뽀얀 살코기
뭉근한 간이 배어서 짭조름합니다.

돋보기

분노란 돋보기와도 같아서
무언가를 뚜렷이 보여주되
다른 것은 보이지가 않는다

분노란 돋보기와도 같아서
하나의 점에 빛을 모아주되
그것마저 불을 피워 태운다

그래서 부조리를 바라보겠소
사납게 노려다 보고 또 보겠소
눈조차 깜박이지 않고 보겠소

끌어모은 화를 지피고 되살려
부조리가 타서 사라질 때까지
눈을 돌리지도 감지도 않겠소

눈동자에 햇살만 비춰주시오.

돌아오지 아니하는 아버지께

금방 나아서 돌아오마
할 일들 잘하고 있어라

아버지가 오늘도 늦으신다
아버지 집에 언제 오시오

외식보다 좋아하시던 집밥
어머니가 푸짐히 해두었소

길을 단단히 잃으신 게요?
혹시나 집밥이 질리신 게요?

되감기

너의 시간이 다가온다 말해주는 노래
나를 위로하는 가사를 되감고 되감아
노랫소리에 머물며 졸린 눈을 감았다.

들리십니까

쓸쓸합니까?
사람입니다.

떠난 후에

참다가 터진 울음에 흐른 눈물은
그대가 나에게 남기고 간 따스함.

말

달리지 못하는 말은 죽어야 하듯이
전하지 못하는 말도 죽어야 하는데
입술을 맴도는 말은 죽지를 않는다.

망각

마음속이 어두워져 가노라면
졸리디졸린 눈을 껌벅인다

생각나는 것들이 있지만서도
머릿속까지 어둠이 드리운다

추억조차 보이지를 않아가니
잠들고 나면 까먹지는 않을까

새삼스레 두려워진 것이었다.

머리카락

머릿속에 기억들이 뭉치고 추억들로 쌓인다
가득 차버린 추억은 머리카락으로 자라난다

추억이란 가닥들은 자라고 자라서 길어진다
곱게 잘 자란 머리카락은 크나큰 자랑거리다

너무 길게 길러 엉키면 자르고 새로 기른다
그래서 잊는다는 행위는 잘라낸다는 것이다.

모순

먹고 살기 위해 일한다는데
때론 먹는다는 것도 일이죠

아무도 말해주지는 않지만
손으로는 땀을 닦아야 해요

뜨겁게 흘러 차갑게 식는 것
눈물이란 너무나도 특이해서
타인의 손길로만 닦아지죠

사람이란 눈물이 흐르는 순간
서로 눈가를 쓰다듬어 주기에
사람이란 아파야 하나 보네요.

모자

흉터를 가리던 모자를 벗었다
지금까지 나는 알지 못하였다

가슴팍을 후려치는 순간에는
스산하게만 다가오던 밤바람

머리칼을 쓰다듬는 찰나에는
이리도 그립도록 자상했는가

검게 물든 공기가 신선하다
외눈박이 달빛이 날 바라본다

모자를 흔들며 인사를 건넨다
그러니까… 정말, 정말 좋은 밤입니다.

몰라도 되오

그대들은 언제까지고 몰라도 되오
내가 나는 괜찮다고 말하기 위해서
내가 미리 많이도 흐느끼고 울었음을
그대들은 언제까지고 몰라도 되오

그대들은 언제까지고 몰라도 되오
내가 아무도 모르게 뜨겁게 아프고
내가 참으로 뜨겁게 살아남았음을
그대들은 언제까지고 몰라도 되오

그대들은 언제까지고 몰라도 되오
내 시린 손을 사로잡은 손길 하나
초라한 나에게는 참말로 족함을
그대들은 언제까지고 몰라도 되오.

무거운 발걸음

무거운 강철의 다리여
달리지 못하면 걸어라
느려도 멈추지 말아라.

무제

눈이 멀어버린 시인은 펜을 놀린다
잉크가 마른 펜촉이 종이를 긁는다
펜촉이 종이에 낸 생채기도 글인가

자신이 흘린 눈물도 보이지 않는다
모르고 떨군 눈물이 종이를 적신다
마른 잉크로 덧쓴 말 덧없이 번진다

자신이 무얼 쓰는지도 모르는 시인
심지어 자신도 읽지 못할 글을 쓴다
자신만 알던 글 이제 자신도 모른다

혹 신께서는 모든 시를 읽어보시는가.

문

머릿속에 낡은 문이 있습니다
어디로 이어졌는지 모릅니다

가끔 문밖에서 소리가 납니다
기이하고 두려운 소리입니다

문고리는 녹이 슬어있습니다
아직까지 열린 적이 없습니다

전 매일 밤 문에 등을 마주 대고
열리지 말라고 중얼거립니다

조심히 들어보면 들려옵니다
분명히 나의 목소리입니다

매일같이 낡아가는 문 너머로
미친 듯이 흐느끼는 내 목소리

거칠게 달각거리는 녹슨 문고리
손톱으로 시끄럽게 할퀴는 소리

날 해치질 못하기를 기도하고
그저 기도하며 잠들고 맙니다.

문득

아끼는 책을 읽다가 문득 두려웠다
만약에 눈이 멀어버리면 어떡하지

이 검고 검은 글씨를 읽지 못하면
머릿속이 새하얗게 변하고 말 거야

검은 것을 검게 보지 못하게 되면
나는 무엇을 하고 여생을 보낼까

도통 아무것도 떠오르지가 않아서
한참을 생각하고 상상을 해보았다

재밌는 일이라고는 존재하지 않아
하고픈 일이라고는 존재하지 않아

아무것도 보지 못하는 어둠이 오면
무릎을 꺼안고 웅크려 죽어가야지.

물이 쓰다

목이 말라 물을 마시는데 물이 쓰더라
물이 쓴 건가 물을 마시는 입이 쓴 건가.

박하사탕 하나

산책하다 보니 한강이 조금 탁해 보이더라
상쾌하고 상쾌한 한강을 꿈꾸는 마음으로
박하사탕을 하나 꺼내어 한강에 떨구었다.

밤공기

매일 봐도 질리지 않고 놀라운 클리셰
태양이 지고 저녁이 죽고 밤이 번진다

사람이 그저 하루를 깨어있기 위해
무수히 바스러진 커피의 알맹이들

날아올라 드디어 발을 디딘 천국에서
카페인이 가득한 밤하늘을 우려낸다

탄맛과 쓴맛이 절묘한 밤하늘 아래
사람들은 단순히 잠을 자는 게 아니다

쌉싸름한 밤공기를 깊이 들이마시고
피곤하기에 밤새 잠을 깨는 것이다.

배웅

당신의 마지막 방을 맞이한다
보라색 꽃잎은 그의 젊음이고
꽃봉오리 그의 사랑이로구나
미처 피지도 못하고 푸르러라

초라한 소리 어디서 들려오나
짝 잃어 구슬픈 따오기 한 마리
마지막 이름 석 자의 종잇조각
단말마를 낭송하고는 사라진다

향초 피워 올려 섭섭한 연기에
불행을 방울씩이나 흘려내었다
국화꽃 향기 숨구멍 드리울 때
흑색의 넥타이 내 목을 조른다.

별빛 하나

밤을 헤매듯이 여기저기 미친 듯이 뛰어다니었다
별 하나 보이길래 바라보고 달리고 또 달리었다

새벽이 내려와 넘어지고 일어나고 또 달리었다
별 하나가 스러져 가는데 무서워서 따라다니었다

아침이 번지고 내가 따라온 별 보이지 아니하는구나
주변을 둘러보았더니 사방이 별처럼 눈부시구나

그래도 나 내가 따라온 별 하나 잊지 못하리
내가 지금까지 따라온 길로 내 별을 따라가리.

봄님의 발걸음

한겨울에 산을 거니는 중이다
차가운 몸뚱이가 발에 차인다
작년에 얼어 죽은 내 몸뚱이다

죽은 나의 시신을 끌어안는다
차갑게 식은 귓가에 속삭인다
따스한 단어들 따스한 이름들

처음 마주한 봄날이 걸어오신다
걸음하시는 땅에는 풀이 자란다
어깨에 두르신 무지개 참 멋지다

봄께서 초라하게 언 나를 보신다
내가 걸어온 빙판 봄길 되어간다
얼어버린 발자국에서 꽃이 핀다

나는 조금 먼저 봄으로 돌아간다
추운 겨울밤 기억에만 남기고서
처음 보는 봄으로 나 되돌아간다.

비웃어라

비웃어라 비웃어라
비웃지 아니하고서는 웃지 못하는 모양이다

비웃어라 비웃어라
당신들이 비웃어 주면 나는 헛웃어 줄 터이니

비웃어라 비웃어라
너도 웃고 나도 웃고 이게 참으로 좋지 않으냐

비웃는다 비웃는다
비웃음도 헛웃음도 웃음이니 웃음바다 아니냐.

사람끼리는

사람끼리는 만남을 가지곤 합니다
만남이란 당연스레 가지는 것이 아니라
마지막까지 바라보며 보내주는 것일 텐데

사람끼리는 사랑을 나누곤 합니다
사랑이란 누군가가 나눠주는 것이 아니라
떠나간 사람의 무덤에서 파내는 것일 텐데

사람끼리는 상처를 받고는 합니다
상처란 누군가에게 받아야 할 것이 아니라
실수할 때마다 가슴팍에 새기는 것일 텐데.

사랑했으나

사랑하는 이는
자꾸만 나타나서 스치어 가는데

사랑해 주는 이는
어디로 가야 보는지 혹시 아시오.

산을 타고 집에 가오

집에 가려면 넘어야 할 산이 높은데
무어가 이리 몸에 힘이 나지를 않소

드높은 산등성이 너머에 기다릴 가족
만지고 싶고 안고 싶고 너무 보고 싶소

떨리는 다리로 산을 타니 힘이 드오
가족들의 이름을 하나하나 불러보오

투박하고 정겨운 이름마다 불러가며
음산한 어둠을 뚫고 산을 올라가오.

새벽의 발걸음

갓 내린 첫눈처럼 시린 형광빛으로 번져가는 것
새벽이 온다

사나운 지네처럼 무수한 발과 발들을 놀리는 것
새벽이 온다

눈물을 짜내고 땀을 떨구는 하루가 땅을 기는구나
새벽이 온다

소외된 자들은 차라리 차가운 그늘의 품에 숨어라
새벽이 온다!

소나기

구름이 뭉개져 와 하늘이 어둑하여
빗물이 얼굴을 때리고 흘러내리니

내가 울었는지 울지 아니하였는지
누가 보더라도 모르겠다 싶었더라

그래서 활짝 웃고 빗살을 맞았더라
나는 정말 참으로 울지 아니하였네.

소리를 더듬어 키우다

헤드폰을 왕관처럼 머리에 쓰고 눈을 감아버린다
눈을 감은 채로 더듬어 소리를 크게 크게 키운다
죽은 사람처럼 누워서 그저 가사에 귀를 기울인다

부끄러운 일상에 질린 터라 소리를 더듬어 키운다

노래가 반복적인 일상처럼 반복되고 반복된다
반복을 반복하는 반복 속에 숨소리까지 묻힌다
반복되는 목소리는 나와 달리 지칠 줄을 모른다

시끄러운 세상에 지친 터라 소리를 더듬어 키운다.

손글씨

손글씨로 편지를 써보았다
내가 적었지만 엉망이구나

혹시 책상이 기울었나 싶어
책상을 조금 더듬기도 했다

불행히도 알아차리고 말았다
세상에, 세상이 기울어있구나!

세상의 무엇도 틀리지 않았다
오로지 세상만이 틀린 것이다

어설프게 눈물들을 짜내었다
서글프게 소리 내어서 웃었다

내가 쓴 글은 틀리지 않았다
내가 든 길은 틀리지 않았다.

술

얼음처럼 차게 먹어도
뜨거워지는 술이 좋다.

술이 쓰다

함께라는 단어를 적어두고 혼자라고 읽었다
언제부턴가 누구나 함께를 혼자라고 읽는다

아무도 살지 않는 도시에서 쓴 술을 삼키었다
물기 메마른 얼굴의 눈매에 달빛이 비치었다

잠들기를 포기한 머리를 햇살이 쓰다듬으면
시인은 참으로 오래 꿈꾸던 잠에 들어 떤다.

숲이 보이는 산

재주 많은 네가 사는 곳은 푸른 숲이다
이런저런 나무가 많아 볼 것이 많더라
한 그루 보고 한 그루 보며 걸어나가라
지치는 때엔 열매를 따 먹으며 기대어라

산책하듯이 걸어나간 숨소리 즐겁다

재주 하나 가진 내가 사는 곳은 산이다
산을 높이 탈수록 숨이 차고 가빠온다
바위마다 그러잡고 올라타고 높아지노라
오른다면 꼭대기요 떨어지면 바닥이어라

산을 타듯이 기어오른 숨결은 뜨겁다.

시가 쓰고 싶다

살아야만 하니까 시를 썼던가
시를 쓰느라고 살아왔던 걸까

시가 쓰이지 않으면 죽어야지
그렇게 생각한 날들도 많았다

시가 쓰이지 않는 날들이 왔다
이제 죽어보는 것도 괜찮겠다

시를 쓰고 쓰레기통에 버린다
쓰고 쓰다가 또 쓰고는 버린다

시가 시를 쓰던 때가 사무친다.

시끄러운 노래를 틀다

지나간 어느 날 즐겨 듣던 곡을 틀어본다
내가 기억하던 생명이 느껴지지 않는다

노래가 죽어버린 건가 하고 생각하고는
그때 살아있던 내가 죽었구나 중얼댄다.

아멘

나의 눈이 어두워 오직 그만을 볼 수 있으니
그분 차가운 길을 새하얀 맨발로 거니시어
나의 두 눈이 어둠 너머를 보고 울게 하시네

칠흑의 끝을 보아 드디어 눈이 빛을 잃을 때
이미 보이지 않는 곳에서 조용히 다가오시어
어두운 흙을 더듬는 더러운 손끝을 잡으신다

모든 걸 보시는 눈으로 뜨거운 눈물을 흘리사
더러워지고 차갑게 언 손을 씻어 녹이시니
내가 어찌 주님 아닌 다른 손을 잡겠나이까

모든 이름을 아시는 입으로 목소리를 내시되
굳이 더럽고 천한 내 이름을 부르고 부르시니
내가 어찌 주님 아닌 다른 이름 섬기겠나이까

주님의 불이 따스하고 태양처럼 눈부시게 쬐어
복에 겨워 떠느라 나의 몸이 일어서지 못하니
다신 놓지 않을 기세로 손을 잡아 일으키신다.

아버지와 네잎클로버

내가 갑자기 왜 이걸 기억하는가
우리 아버지 아프시던 지난 시절
시퍼런 네잎클로버를 선물했었네

내가 갑자기 왜 이걸 추억하는가
우리 아버지 살아계신 지난 시간
네잎클로버 아껴주시고 웃으셨네

그 시퍼런 채로 코팅한 네잎클로버
아버지도 나도 참으로 좋아하였네
처음이자 마지막으로 함께 웃었네

새파랬던 풀도 이제는 시들었구나.

아이스 아메리카노

외로운 얼음 하나 띄운 커피 한 잔
녹아가는 얼음을 살짝 흔들어준다

더러운 날벌레 하나가 빠져있었다
손끝으로 찍어서 버리고 씻어냈다

괴로운 세상에서 눈치 보는 매일
커피가 오죽 간절했을지 알았더라

서러운 마음이 짜증을 대신하였다
날파리로 산다는 것도 피곤하니까.

아픈 사람

문득 생각했다 아픈 사람이 되어야겠다
말없이 혼자서 아픈 사람이 되어야겠다

사람 하나 입을 무겁게 다물고 버티면
아픈 일 슬픈 일 없던 일로 되어버리게

요즘 들어 무거워진 입을 더욱 누른다
나만 알고 홀로 알면 아무도 모르니까

말할 수 있는 시간은 줄어만 가는데
말하지 못할 이야기들만 늘어가노니

세상엔 존재하지도 않는 이야기들이
내 안에는 흘러넘치는 물처럼 많구나

힘들지 않으냐고 솔직히 말하라 해도
나는 그저 말없이 조금 버거울 뿐이다.

아픈 사람들

갑작스럽게 입원을 하고 나서는 조용해졌다
사람의 신음들이 비명들이 바로 고요함이다

언제 내가 내는 소리 될지 몰라 무서워진다
당장 내는 소리 아니라고 사람 참 무심하다

이 시끄러운 고요함의 소용돌이 그 속에서
나는 그저 조용히 울부짖어 목청이 아프다.

얼룩진 손가락

자꾸 적어둔다
마구 적어댄다

사사로운 존재의 부스러기일지라도
손으로 쓸어 담아 꼭 껴안는 것이다

자꾸 적어둔다
마구 적어댄다

다시 약에 취해서 영영 까먹을까 봐서
무엇을 잃을지 모르니 버리지 못한다

자꾸 적어둔다
마구 적어댄다

웃게 된 내가 메마른 눈으로 울던 나를
다시는 기억하지 못할까 봐 심히 무섭다.

여름의 울음소리

밤이 새는 사이에 매미가 운다
나는 울지 않는데 매미가 운다.

오래 기다린 산책

햇살 쬐니 바람이 부노라
바람 쐬니 바람이 없어라

이게 얼마 만인가 싶다
오늘 태양이 참 눈부시다

부끄러운 흉터 드러내자
햇살이 상처를 가린다

이게 무슨 일인가 싶다
오늘 태양이 참 따스하다.

오랜 아이

죽어버린 아이들의 수만큼
새로운 어른들이 태어난다

아이가 어른이 되고 나면
아이와는 다른 시간을 산다

나는 자라지 못하는 아이
멈춘 시간에서 홀로 논다.

이름 없는 슬픔

나에게도 이름이 주어지는 바로 그날
그대가 날 그리 불러주길 참 바랐었다.

인생의 말장난

읽는다는 것은 참 쉬운데
잃는다는 것은 참 어렵다

있는다는 것은 참 쉬운데
잊는다는 것은 참 어렵다.

잘 자요 비틀즈

오늘은 만성 두통이 심한 하루다
오늘은 미세먼지가 심한 하루다

오늘은 노을조차 없었던 하루다
오늘은 하늘에 구름이 낀 하루다

오늘은 아무런 일도 못 한 하루다
오늘은 시간이 참 많았던 하루다

오늘은 괜히 쓸쓸한 듯한 하루다
오늘은 평범한 그냥 그런 하루다

오늘 밤은 그래 덧없는 오늘 밤은
비틀즈를 틀어둔 채 잠들어야겠다.

잠들지 못하는 밤에

눈물을 손가락 끝으로 찍어서
하늘 높이 걸어둔 조그만 별빛

매일 아침 매일 아침 보고픈데
구름이 자꾸만 별빛을 삼키네

도대체 눈물을 얼마나 흘리고
또 손끝으로 찍어두어야 할까

언제까지고 또 별빛을 찍어서
구름 속을 가득히 채우는 그날

구름아 게걸스럽게 삼킨 별빛들
마지막 하나까지 모조리 토해라

구름에게 매일 배불리 먹인 별빛
넘치고 흘러서 별똥별이 되어라

별빛이 별똥별 되어서 내리는 밤
소나기 치는 별빛에 꿈을 맡기자

잠을 이루지 못하는 모두가 웃다가
그리고 또 웃다가 잠에 드는 거야.

잠이 오지 않는 밤에

한여름 무더위 속 오묘한 기분
새벽 두시 이십오분이 녹아내린다
노곤하지만 안락한 그런 고요함

눈이 멀어버릴 듯이 선명한 어둠
한적한 방을 채우는 공기에 스며든다
살갗을 지그시 짓누르는 공허함이다

잠들 힘조차 없이 지치고 피곤하고
오늘따라 정신이 너무나 투명해서
눈부시게 빛나는 사진들을 둘러본다

이리도 광활한 어둠 속의 불빛은
이토록 커다란 사진에 담긴 우리는
너무나도 너무나도 작은 것이어서

네모난 사진 너머 버거운 일상들이
네모난 사진 너머 나열된 추억들이
어딘지 모르지만 짠한 것이었다

물기를 닦고 창문으로 내다본 밤하늘
거짓말처럼 선명한 흑색은 마치…
블랙 아이스 아메리카노 1500원.

장작

꽃 한 송이 피우지 못하지만 푸르른 나무
꽃 한 송이 남기지 못하지만 오래된 나무

검게 그을린 장작이 되고서야 꽃을 피운다
작은 불씨를 키우고 한 떨기 불꽃을 피운다.

제목

일상이라는 운문의 문장들 사이에서
나는 오로지 한 조각 단어에 불과하다
그래서 제목이라 불리고자 발악한다.

종이와 퍼즐과 눈사람

그림을 그려야지 연필 손에 쥐고
종이의 이마를 한참 바라본다
그리고 나면 하얀 종이 그리울까 봐

인생은 방바닥에 가득히 펼친
직소 퍼즐과도 같은 것이어서
한 조각의 순간도 버릴 게 없다

태어나 일 년도 못 살아보고
살살 녹아버리는 눈사람처럼
그저 허무해도 또 쌓고 싶다.

죽어가는 시인의 사회

어떠한 비극이 와도 플롯이다
농담은 데우스 엑스 마키나다
살아있으니까 엔딩은 이르다
다음 챕터를 새로이 기다린다

시인이라는 것은 그러한 것이다

시인의 핏줄엔 시가 흐르고 돈다
시뻘건 피가 아니라 시커먼 잉크
색이 죽도록 상하고 아파야 한다
검게 썩었을 때 시가 시를 쓴다

시인이라는 것은 그러한 것이다

시를 써서 시인인 것이 아니다
시가 써지니까 시인인 것이다

시인이라는 것은 그러한 것이다

시를 써서 시인인 것이 아니다
시인이라서 시를 쓰는 것이다

시인이라는 것은 그러한 것이다.

지하

악몽을 꾸던 나를 누군가가 흔들어 깨웠다
식은땀을 흘리며 깨어났으나 아무도 없다

주인 없이 버려져 낡아버린 교회의 지하
겁에 질린 나는 되레 고함을 질러보았다

한 줄기 흐릿한 빛줄기를 따라 걸어간다
촛불 하나가 달랑 빛을 발하는 좁은 방

거미줄이 드리워진 낡은 책이 놓여있다
거미줄을 걷어내고 먼지를 털어 펼친다

돌아가신 아버지가 쓰신 내일의 일기다.

짐

미루고 미루던 여행을 가야겠어요
천국으로 떠나려고 짐을 정리해요
가져갈 짐이 아니라 두고 갈 짐을.

차가운 손가락

그날 차갑게 식어버린 그대 손가락들
오늘 밤도 그대 손길 차갑게 불어오네
시려도 반가운 손길에 나는 잠이 드네.

철새와 둥우리

당신이 떠나고 벌써 겨울이 지나갑니다
때를 맞은 철새처럼 당신이 떠나간 자리
햇살로 반짝이는 먼지가 쌓인 나무 의자

노곤한 척추를 조심스레 기대어봅니다
단단하면서도 올바르고 곧은 가구입니다
부드러움 하나 없이 등을 바로 세웁니다

적막한 아침에 바람은 이리도 차가운데
너무도 짧았던 오랜 시간 그대가 데워준
어딘가 불편하면서도 그리운 나무 의자

식어가는 햇살처럼 아직도 따스합니다.

초승달 그리고 보름달

새벽 두시에 마실 나온 달빛
달빛이 깃든 연필이 반짝인다

사각사각, 깎는다
가냘픈 칼날이 연필을 깎는다

이토록 연약해 보이는 칼날이
질긴 나뭇결을 아프게 한다

깎여나간다
달빛이, 부드럽게 깎인다

깎여나간 달빛은 초승달이다
연필이 그려나갈 달은 보름달이다.

추운 땅에도 봄이 오시나

봄이 오시면 봄이 오시면은
언 손가락마다 녹여주시오
내 더듬어보리라 따스한 흙길
더듬고 문지르다가 말해보리라

나는 참 따스한 곳에서 살다가 가오.

취하다

머리가 아파와서 잠에 취하고픈 것뿐이다
그러려면 술부터 취해야만 하는 모양이다

우수에 취하는 것조차 버거워진 요즘이다
잠도 술도 아닌 것들에 취하고 싶지 않다

그저 잠든 나를 이불로 덮어주길 바란다
그저 죽은 나를 천으로 가려주길 바란다.

친구의 결혼식

친구야 너는 이제 결혼하고 어른이 되는구나
아이를 가지고 아이를 키우는 어른이 되겠지

나는 내일도 내일의 내일도 너를 보겠지마는
내가 아는 너는 이미 나를 떠난 후일 테니까

너는 한층 빨라진 시간을 살아가고 바쁘겠지
나는 언제나처럼 멈춘 시간에서 혼자 놀 테지

네가 아직 내가 아는 친구인 지금 나는 말할게
가족을 꾸린다는 건 정말 멋지고 복된 일이야

이야 부럽다 짝으로 맺어진 약속을 살아간다니
정말 멋지다 새로운 생명을 지켜볼 수 있다니

신뢰라는 단어가 깨져버린 나는 결혼하지 못해
병든 몸도 겨우 추스르니 아이는 키우지 못해

네가 너를 잊어도 나는 네가 그리울지도 모르지.

탄산이 빠지기 전에

언제나 미지근한 물처럼 투명한 날들
미지근한 나에게 톡 쏘는 탄산수처럼
놀랍도록 신선한 만남으로 다가온 너

목구멍을 따갑게 타고 흐르던 순수함
살짝 고통스럽기도 해서 겁이 나더라
살짝 간지럽기도 해서 찡그리던 얼굴

까딱이는 바늘을 보니 초조해지잖아
시간이 아까운 물처럼 흐르고 있잖아
시간의 마지막 한 방울까지 사랑할까

서서히 사라질 듯이 갈수록 투명한 나
서둘러 안아줘 팔을 감고 나를 잡아줘
너무나 새로워서 따가운 키스를 하자

우리들 마음에서 탄산이 빠지기 전에.

태양의 이름들

나를 부르는 이름 태양이라 하오
흐르는 빛이 스미는 새벽도 나요
지금도 바로 나 태양이란 말이오

나를 부르는 이름 태양이라 하오
따스히 비추기 시작한 아침도 나요
지금도 바로 나 태양이란 말이오

나를 부르는 이름 태양이라 하오
뜨거운 햇살 떨구는 하루도 나요
지금도 바로 나 태양이란 말이오

나를 부르는 이름 태양이라 하오
어딘가 슬프게 끝난 황혼도 나요
지금도 바로 나 태양이란 말이오

나를 부르는 이름 태양이라 하오
달빛에 살짝 얼룩 남긴 밤도 나요
지금도 바로 나 태양이란 말이오

비추지 못해도 차갑게 식어도 나요
부끄럽고 자랑스러운 이름들 모두 나요
죽음도 훔치지 못하는 나의 이름이오.

하루가 길더라

내일이란 거울에 비친 오늘
하루란 태양이 거니는 샛길.

하얀 눈꽃 이불 삼아

땅이 새하얀 눈꽃들로 새 이불을 덮었습니다
지친 땅이 잠든 후엔 어떤 꿈을 꾸는 걸까요

땅마저 잠들 채비를 단단히 한 모양입니다
아버지 당신은 잠드신 채고 저는 늙어갑니다

저는 아직도 잠들지 못하고 밤과 어울립니다
그래도 아직은 밤공기 한 잔이면 거뜬합니다

어제의 당신이 보지 못한 차가운 눈밭이라서
오늘 내가 따스한 발자국 하나둘 남겨봅니다

아침 속 햇살이 시린 탓에 기도하듯 모은 손.

한밤중

눈을 감아도 잠이 오지 않는 흔한 밤이었다
불을 삼킨 듯이 배가 아픈 지독한 밤이었다

식칼로 뱃가죽을 가르고 손거울로 비추었다
매듭처럼 꼬인 내장들이 인사하듯 춤추었다

거울에 비친 배 속에서 무언가가 꿈틀거렸다
발작하듯이 꿈틀거리는 그것을 끄집어내었다

힘껏 끄집어낸 심장이 검푸르게 썩어있었다
뽀얀 곰팡이를 옷처럼 두르고도 뛰고 있었다

차갑게 식은 손가락들로 더듬어 감싸보았다
미지근한 눈물을 방울방울 떨구어 적시었다.

햇살이 따사로운 자리

길거리의 벤치에 앉아서 쉬었다
햇살이 참 따사로운 자리인 터라

웃는 사람들이 무수히 지나친다
햇살이 참 따사로운 자리인 터라

나는 그 어느 때보다도 어두웠다
햇살이 참 따사로운 자리인 터라

나는 그 어떠한 때보다도 추웠다
햇살이 참 따사로운 자리인 터라

비둘기가 다가와 눈을 마주쳤다
나는 고맙다고, 고맙다고 말했다.

헛소리

어둠 너머 어둠 속에 잠들지 못하는 사내
지키기 위해 힘을 키우던 그의 팔다리는
초췌하게 메말라 멀쩡한 것들이 아니었다

지킬 것을 잃은 채 지킬 마음도 잃은 채
쉰 목소리로 모르는 이름들을 중얼거리며
그는 우는 것이었다 그저 우는 것이었다

천사여 신이여 모든 밝고 선한 것들이여
오늘도 태양은 햇살은 이리도 눈부신데
나의 두 눈동자는 검게 썩어가는 것이오

아버지 어머니 세상은 너무 크고 차가워
내일도 해가 뜨면 내가 울다가 잠이 들길
눈물이 고이면 썩은 눈동자가 아파오니까

돈을 원했어 사고 싶은 게 있어서 그랬어
그래요 맞다 가족을 나는 가족을 원했어
가족이란 단어는 사실은 단어가 아니잖아

원하는 건 없으니 하루만 꼬박 자고 싶어
헛소리가 되어버린 약속과 맹세를 외우며
울고 웃으며 저주스레 깨어있는 것이었다.

헤어지는 옷

나도 화해하지 못하고 떠난 사람이 있었어
조금만 더라고 검은 옷깃 사이로 속삭였어
그래도 내가 흑색을 좋아하니 참 다행이야
적어도 마음에 드는 옷을 입고 헤어지니까.

혼자서 아파하는 둘

당신이 혼자라며 아파할 때면
언제나 내가 혼자서 아팠어요

당신이 아파서 피를 토해내면
나도 그만큼 피를 토해낼게요

당신의 손가락이 문드러지면
똑같은 손가락을 잘라낼게요

당신만이 혼자가 아니잖아요
혼자가 둘이니 우린 둘이네요.

흐르는 물처럼

물처럼 흐르는 사람이고 싶었어

인생이라는 바람이 어디로 이끌더라도
스르륵 따라가 제자리라는 듯 담기는 물

물처럼 흐르는 사람이고 싶었다

인생이라는 칼날이 아무리 난도질하더라도
또르륵 눈물 하나 흘리고 상처 아무는 물

물처럼 흐르는 사람이고 싶었지

인생이라는 겨울이 아무리 멈추고자 하더라도
사르륵 녹아서 새로운 물로 돌아가는 물

물살 위로 떨어진 햇살이 유리처럼 깨진다.

흐린 글씨

가녀린 몸짓으로 그대의 숨결을 그리고파
고운 목소리로 그대의 살결을 노래하고파

죽는 것보다 무서운 일상에 머리가 아프다
마음처럼 시커먼 커피 담긴 잔을 더듬는다

떨리는 손가락이 엎지른 검은 물이 흐른다
소중하게 아끼던 책을 한 장 한 장 적신다

이제는 맛보지 못할 한두 모금의 커피라서
이제는 모를 글자와 함께 번지고 사라진다.

무제

—

초판 1쇄 2022년 4월 15일
지은이 나무
펴낸이 김영재
펴낸곳 책만드는집

—

주소 서울 마포구 양화로3길 99, 4층 (04022)
전화 3142-1585·6
팩스 336-8908
전자우편 chaekjip@naver.com
출판등록 1994년 1월 13일 제10-927호
ⓒ 나무, 2022

—

—

ISBN 978-89-7944-797-2 (03810)